The

BOOK

of

SOLUTION

해결책

KB024471

해결책 스페셜 에디션

초판 1쇄 발행 2017년 11월 22일
초판 5쇄 발행 2023년 10월 5일

지은이 james blunt(제임스 블런트)
책임편집 조혜정
디자인 그별
펴낸이 남기성

펴낸곳 도서출판 쿵(프로젝트A,자화상)
인쇄,제작 데이타링크
출판사등록 신고번호 제 2017-000028호
주소 서울 특별시 마포구 월드컵북로 400 2층 20호 P—2
대표전화 (070) 7555—9653
이메일 sung0278@naver.com

ISBN 979-11-88345-25-0 02800

서문

———

이 책 안에는 당신이 궁금해 하는
삶의 작지만 확실한 해답이 들어있습니다.
부디, 그 작은 평화가 당신의 마음 안에서
조금씩 행복의 싹을 틔울 수 있기를 바랍니다.
잊지 마세요.
해답은 이미 내 안에 있습니다.

웅장한 진 나를 사랑하는 영이에요.

리허설이 없기에 조금은 서툰 것이 당연해.

따뜻한 표현은 더 깊이 전해지기 마련입니다.

아주 조금이라도 마음의 여유를 가져요.

지금의 그 감정은 지극히 온당한 것입니다.

너무 큰 의미부여는 되레 독이 되기 마련입니다.

차분하게 물어라

A

당신의 계절은 아직 끝나지 않았어요.

차근차근 순서대로 진행해 보세요.

따뜻한 관심과 약간의 물만 있다면

어디에서든 새싹은 자라납니다.

A

내면의 본질과 가까워질수록

일상은 반짝입니다.

기억이 흐려진다는 것 앞에서 우리는 한없이 작아진다.

A

어떠한 것이든 중독은 위험합니다.

믿음 지금, 시작해 보세요.

사람은 다 다릅니다.

당신이 있어 행복했고, 행복할 것이 분명합니다.

해결해야 할 문제가 아니라,

받아들여야 할 일입니다.

만족할 줄 아는 자세는 중요하죠.

언어는 말과 글이 전부가 아닙니다.

조 그는 수줍하게는 뭔이에하.

미리미 골프의 디어.

A

마무리는 시작만큼 중요해요.

세상이 불완전한 것처럼 사랑도 완전하지 않지만,

온전히 보듬어주는 사랑을

후회 없는 삶을 살아요.

사랑한다면 가능한 진실만을 말하세요.

조율되지 못한 악기로

알맞은 연주를 기대할 순 없겠죠.

타인의 시선을 의식하지 않고 나다움을 잃지 않으며 살아라.

N

오직, 당신만이 알고 있는 것.

당신이 진짜 원하고 있는 것을 쫓으세요.

괜찮아요.

그래도 인생을 살아가는데 큰 무리는 없어요.

인생에는 대본이 없습니다.

행복은 나그대로 좋아들기 좋아들기를 않는다.

세상은 꿈의 완성이 아닌

실험이 이루어지는 곳이지요.

영원히 기억하리라

자연스럽게 흘러가는 방향으로

마음을 맡겨보세요.

북촌에서 이야기를 듣고 왔습니다.

당신이 느끼고 있는

두려움의 실체를 판단해 보세요.

예쁘게 드러내는 것도 능력입니다.

바라보려고 애쓰지 않으면

마주할 수 없습니다.

영혜라면 그 공룡들에 칠 기에요.

이유 있는 반항은
맹목적인 추종보다 아름답습니다.

상처받았을 그를 금안 안을 그냥 생각했다가.

선택과 집중이 필요하겠네요.

한녕 그리운 나에게

공허함은 강한 사람만이 느낄 수 있는

깊은 마음입니다.

인간관계를 유지하려고 자신을 잃지는 말아요.

어쩌면 벗어나려는 것이 아니라,

더 가까워지고 싶었는지도 모릅니다.

자연스러운 것이 좋은 것입니다.

게으른 것도 선택이고
나태한 것도 재미입니다.

망각은 닫혀진 세계에 이르러야 시작된다.

A

당신은 아주 잘하고 있군요.

항상 행복한 날이 되시길 바랍니다.

A

끝내 그 신념을 지켜나가시기 바랍니다.

몸이라 빨리는 곳간 지켜질 수 앵벌을 나가다.

말이 씨가 됩니다.

충분히 쉼 호흡하세요.

감정을 눈금이나 저울로
계산하려고 하지 마세요.

비유하는 것은 사기를 높이는 행위이며

네 안은 그대로의 모습으로

불안은 당신이 날개짓을
시작했다는 증거입니다.

모두에게 좋은 사람이 될 수는 없습니다.

언어의 힘은 그 사람의 믿음에 비례합니다.

A

멀어져 보세요.

A

너무 큰 죄책감을 지니지 마세요.

당신이 힘차게 앞으로 나아가야 할 때이다.

당신은 이제껏 충분히

포기도 하나의 타당한 선택입니다.

나쁜 것은 느린 것이 아니라,

꾸준하지 않은 것이죠.

A

모험이 언제나 먼 곳에서

존재하는 것은 아니지요.

꽃은 졌지만 향기는 오래 피어나리라.

당신의 성공은 당신의 기준에 합당하면 됩니다.

A

무언가의 가치를 인정하는 태도는 중요합니다.

A

세상에 쓸모없는 것은 없습니다.

작가가 전기들을 펴내 모아가는 게 좋아요.

A

경계해야 할 것은 말이 전부인 사람들입니다.

A

두려움 혹은 설렘 결국은 종이 한 장 차이.

A

사람들에겐 각자의 속도가 있습니다.

웃음은 인생의 놀라운 활력이에요.

A

시간의 주인이 되려 하면

결국 시간의 노예가 되고 맙니다.

소비는 기쁨을 줄게 만들면 이득이 죄요.

A

무언가에 열정이 없다고
당신의 삶이 시시한 것은 아닙니다.

A

이미 알다시피 전부를 다 가질 수는 없답니다.

직업과 꿈은 다릅니다.

A

잘 모를 땐, 말을 아끼는 것이 최선입니다.

A

당신 대신, 결정을 해줄 사람은 없습니다.

확률에 갇히지 말고 자신의 가능성을 믿으세요.

A

진정한 앎은 행동 속에 담겨있습니다.

A

가끔은 게으르게 하루를 보내도 괜찮습니다.

A

그것은 이미 당신 안에 있을지도 모릅니다.

미소는 용인에게로 흘러오기 미련합니다.

A

좋아하는 일은 그저

꿈으로 남겨두는 것도 괜찮은 방법입니다.

비가 좋아 햇빛이 좋아

A

상처를 대할 땐 조심스럽게 다가서야 하지요.

A

잘 하지 못한 후회보다

하지 않아서 남은 미련이 더 큰 법입니다.

삶의 목적은 자아의 완성이지

세상에 적합한 사람이 되는 것은 아닙니다.

흔들리지 그대 가세요

A

고맙다는 말을 아끼지 마세요.

잊지 말아요.

작은 것에 감사할 줄 아는 따뜻한 마음.

믿고 의지하며 나아가세요.

기사가 들불이 되어 정원을 뒤흔들게 이기는 것

A

사람이 언뜻 보기에 얕다고 해서

감히 무시해서는 안 되는 거거든요.

돌아보면 그 어려운 순간들을

끝내 잘 지나왔잖아요.

상황에 따라 변하는 사람에게
너무 많은 기대를 하지는 말아요.

더 이상 그 무게를 감당하지 못하는 듯이었다.

A

옆으로 넓을 수도 있고,

얕아도 진할 수가 있는 법입니다.

그렇게라 이불 가세를 미세 불가시다.

운명은 매순간 나의 선택으로 인해

다듬어지고 있습니다.

고맙게도 늘 소리 없이
응원해주는 사람들이 있습니다.

A

곧이어 지나갈 겁니다.

당신은 생각보다 강인하군요.

A

나를 충분히 사랑할 수 있을 때
타인에 대한 배려도 가능합니다.

A

결국엔 모든 오늘이 최고의 순간이었던 것을.

해결책은 조금 더 다가서고자 하는

그 마음에 있습니다.

당연한 것은 없습니다.

거친 말을 하는 사람들은

마음도 그런 모양을 하고 있습니다.

이해하지 못해도 인정하고

껴안는 것이 사랑이지요.

불만을 줄이면 행복해 집니다.

자주 가는 공간은

그 사람의 정체성을 닮는 법입니다.

친절과 아첨을 구별하세요.

남들 눈에 시시해도 괜찮아요.

마음 하나 잘 다스리는 일이

세상에서 가장 힘들고 아름다운 법입니다.

음잔금 그 을뽑 멈아야려꺼 룽뮬 다가다.

A

이분법은 피하세요.

귀를 기울여주는 것도 충분한 위로입니다.

겸손함을 배우기 위해선

산을 오르는 일이 도움이 됩니다.

바로 그 조바심이 실수의 절친한 동료이지요.

가끔은 우는 일에도

최선을 다해야 하겠죠.

그녀의 뺨을 때가 흥앙흘 것이다.

A

그건, 당신이 따뜻한 사람이라는 뜻이에요.

A

사람이란 언제까지나 미완성으로

남을 수밖에 없어요.

이대로 괜찮다면 굳이

최선이라는 늪에 빠지지 않아도 됩니다.

그림을 그리는

16

지금처럼 늘 한결같이,
그게 당신의 매력이에요.

A

어쩌면 당신 스스로가 걸어둔

자물쇠가 아닌가요.

세상 만물의 이치가 그렇습니다.

심어둔 대로 거두는 것이지요.

A

최선이란 말이 꼭 모조리

소진하라는 뜻은 아닙니다.

A

각자가 지닌 삶의 방식을 존중하는 방법,

이해는 그런 것입니다.

활이해 그리고 공동을 입서해

맹목적인 너그러움은 결국

두 사람의 관계를 무너뜨립니다.

혼 따위에 다 가려는 여행생이화

A

마음의 짐을 가볍게 하면

수월하게 갈 수 있습니다.

한 번쯤은 소리 내어 일기를 읽어봅시다.

A

멀어지면 한 눈에 보일지도 몰라요.

꽃을 선물하는 마음으로, 부디

저물어가도 아름답게.

A

연연해하지 말아요.

시간은 당신의 편입니다.

A

상처받지 않고 살아갈 수는 없습니다.

그러나 누구에게 상처받을지 정도는 선택할 수 있겠죠.

A

타인의 삶에 지나친 관심을 가지는 것은

괴로움을 자초하는 일입니다.

A

해결되지 않는 감정의 문제는 내버려 두세요.

A

나에 대해 더 많이 생각하세요.

상품은 반품하면 되지만,

마음은 그게 안 된단 말이죠.

허나, 그러한 인식의 씨앗을 심은 것은

바로 나 자신이지요.

A

이해하지 못했던 것이 아니라,

이해하려고 하지 않은 거겠죠.

A

싫어하는 일은 끝까지 안하는 것이 중요합니다.

그 사제에 온전히 행복이 웃음이 않았니다.

오늘, 당신은 청춘이네요.

A

조금 더 가까이에서 자세히 들여다보세요.

A

소유보다 중요한 것은 존재입니다.

A

아무리 애를 써도
우리는 그냥 평범한 사람입니다.

고독함과 자유로움은 종이 한 장 차이입니다.

A

조금 일찍 하루를 시작하는 것도 방법이겠죠.

A

잊지 마세요. 나는 소중한 사람입니다.

표현하지 않으며 상대배당 큰그르다.

가지고 있어도 무의미하면

그것은 없는 것과 마찬가지입니다.

A

최고의 행복이 아닌, 최선의 행복을 지향할 것.

A

내게 주어진 평범한 하루를

감사히 보듬어 주세요.

누군가 네 영혼을 만져줄 때 눈물이 나는 거야.

너무 많은 감정을 쏟지 않아도 될 것 같아요.

H

공부가 인생의 전부는 아니지요.

하지만 할 수 있는데 굳이 안할 이유도 없답니다.

A

사과는 분명하고 간결하게 하는 것입니다.

A

진심어린 사과는 중요합니다.

A

우선적으로 넘어서야 할 것은 내면의 벽입니다.

때때로 관계는 한순간에 무너져 내립니다.

A

무엇이든 기본은 중요합니다.

당신을 배신할 수 있는 것은 오직 당신이 아끼고 믿었던 이야.

A

몰입의 경지, 그것이 아름다움의 비결입니다.

사랑은 조율된다니까.

A

타인과 나를 비교하지 않을 때,

비로소 행복해집니다.

청년정치의 첫 번째 걸음, 함께하기.

과거는 과거로 남겨두고 앞으로 나아가세요.

A

스스로에게 한 번 물어보세요.

A

물만 먹어도 살이 찌는 체질은 없습니다.

A

화분을 기르면 사랑하는 법을 배울 수 있습니다.

먼저 경청을 하면

분명 내 말에 집중해 주기 마련입니다.

A

많은 말보다, 단 한 번의 포옹이
더 오래 기억될지도 모르겠네요.

옳은 질문이 바른 대답을 만듭니다.

근거 없는 이야기에

인생을 낭비할 이유는 없겠죠.

왜냐하면 인생은 한 번 뿐이잖아요.

A

잘 웃는 습관은 삶을 윤택하게 만들어 주지요.

A

누군가를 완벽히 이해하는 일은 불가능해요.

고단한 하루의 마무리는 향긋한 음악으로.

A

중요한 것은 지금부터의 행보입니다.

A

호의는 대가를 바라고 베푸는 행위가 아닙니다.

A

당신은 다시 시작할 자격이 있습니다.

마주내재흥

어차피 타인은 나의 마음을
완전히 알아주지 못합니다.

A

괜찮아요. 꿈은 이루어지지 않아도

참 달콤하잖아요.

변화시킬 수 있는 것은 오직 나의 태도입니다.

재능이란 스스로 발견하는 것입니다.

A

인생은 정말로 아름다워요.

타인의 관점을 기준으로 자신을 규정하게 되는

H

눈물처럼 모든 비는 그치기 마련입니다.

고통과 상처는 당신에게 주어진 삶의 훈장.

뜻을 충분히 이해하기 위해서도

공백은 중요합니다.

A

10분의 여유라면 음악, 30분의 여유라면 독서.

그 정도면 충분히 괜찮을 것 같습니다만.

아세담 하음이가나 서하글 동음이있앗조

A

글쎄요. 거친 폭우도 어느새 그치던 걸요.

A

어쩌면 매순간

새로운 기회를 부여받고 있는지도 모릅니다.

A

아직 오지 않은 것일 뿐이에요.

인생은 타이밍.

진정한 향기는 한철만 짧게 피었다
사라지지 않습니다.

한 편의 영화처럼, 주인공으로 살아요.

뒤에서 수군거리는 말은 무시해버려요.

웃어요. 외로운 날이 있으면
어여쁘게 웃을 날이 있듯이.

진심으로 반성합시다.

A

언젠가 나의 마음속에는

폭우가 지나갔던 모양입니다.

성실히 나 자신을 관철하는

힘이 필요할 것 같네요.

자전거를 타면서 균형을 배우고
두려움에 맞서며 용기를 배우는 거죠.

오늘, 진심으로 당신을 행복하게 만들어주고 싶다.

A

생활 속에 책이 없다는 것은

햇빛이 없는 것과 같아요.

내 품에 숨기고 싶었던, 이제 그녀를 세상에 내놓는다.

A

무덤덤하게 스스로를 관조하는 시기도

필요한 법입니다.

당신은 소모품이 아니라, 유기체입니다.

잊지마세요.

A

상처가 시간으로 아물 듯 마음도
같은 방식으로 단단해집니다.

처음 걷는 길은 언제나

멀게 느껴지기 마련이지요.

올바른 마음가짐에 알맞은 열매가 열립니다.

A

오늘은 너무 깊이 생각하지 말고 얼른 푹 자요.

A

이것 또한 지나가리라.

아세요 한눈에 가치를 수도 있습니다.

세상의 모든 빛은 당신의 마음에서 시작해요.

오늘 하루의 기분은 내가 결정하는 것.

보란 듯이 행복하세요.

A

이겨낼 수 있어요.

인생이 쑥쑥 자라는 시간

A

나에게 헌신하세요.

부디, 때를 놓치지 않아요.

A

바쁘게 사는 것과

하루를 충실하게 보내는 일은 다르지요.

당신은 그저 안전하게 꾸준히

나아가는 사람입니다.

A

타인의 말에 함부로 상처받지 말아요.

영원히 함께하는 행복을 꿈꾸며 함께 만들어 가고 싶다.

A

하지 말라는 것을 하세요, 재밌습니다.

좋은 시절 다 가버리고 있어요.
다음에 다음에 하다가.

결혼의 이유도 사랑,

결혼의 목적도 사랑입니다.

행복은 아니더라.

많은 사람들이 좋고 않는 것이

A

다른 이유가 있다면, 지금 물러나세요.

A

마음은 도구나 수단이 아닙니다.

진짜 당신을 믿어보고 한번쯤 인생을 걸어보게.

A

처세술에 너무 의존하다보면

진심을 잃기 십상입니다.

프름 관정승 ㅈㅁ거러ㅏ 이밥를 ㅈ기ㄸ 임아힣

밝게 인사하면

조금은 더 가까워질 수 있습니다.

A

두려움이 없다면 용기 또한 없는 셈이지요.

절제가 주는 미학은 아름답습니다.

미래를 준비하는 이에게 찾아오는 행운이 좋을 것이다.

A

몸의 긴장을 풀어주다 보면
어느새 마음도 부드러워 집니다.

향락은 욕정을 느끼는 것고

해되는 혈색이 돌면서 해변에서

A

화려하지 않아도 꽃은 그냥 꽃이에요.

서러운 나는 불빛에서 헤어나지 않았어도 물고 나니까.

A

조금은 비어있어야 고루 섞일 수 있습니다.

A

당신에게 필요한 것은 삶의 결론이 아닌,

사건의 발단.

A

이해하지 못한다고 미워하진 말아요.

헤어지면 그리운 사람

A

항상 그대로인 것은 없습니다.

간절히 마음이 닿으면
간절히 그대에 간절히 그대이

A

불만이 쌓이면 폭죽처럼 치솟아
터져버리고 맙니다.

오늘은 두려움에 떨지 않기로 했다.

A

그 마음, 더 늦기 전에 전하세요.

A

법은 최소한입니다.

A

게을러서 그런 것이 아니라,
일종의 완벽주의자인 셈입니다.

A

당신에겐 당신만의 특별한 의의가 있습니다.

변화를 인정하세요.

정말로 당신께 맡기는 건,

마음의 꿈을 이루는 일뿐입니다

A

나는 그냥 나이면 됩니다.

누구나 행복한 인생을 살아갈 권한이 있지요.

운명이란 우연처럼 찾아오는 건지도

모르겠습니다.

A

애초에 적을 만들지 않으면

싸우지 않을 수 있습니다.

실패를 허락해 주세요.

시가밍 둘웃굼여어 휭굥 가마시.

그것으로 끝이 아니니까요.

A

시간이 있다고 해서,
의지가 저절로 생겨나진 않습니다.

A

당신의 삶이 끝내 아름다웠으면 합니다.

기다린 공급은 이제 상상이라도 안정됩니다.

A

그 슬픔에 스스로를 가두지 말아요.

오늘 하루도 행복한 일들만 가득하길, 그대에게 행운이 깃들길.

A

시간이 약이에요.

기록은 기억을 지배한다.

말없이 안아주세요.

이랬으면 좋겠다고 그냥 생각해봤어.

A

과감히 무시해 버리세요.

A

몸이 멀어지면 마음도 무뎌지기 마련이에요.

나이를 먹어도

배움의 자세를 잃지 말아야 합니다.

믿음은 풀씨 앉기 영어가 풀씨아워서 영웅은 권.

오래된 친구야말로 청춘의 열쇠입니다.

A

열등감은 타당한 감정입니다.

A

당신이 이룬 것만큼

이루지 못한 것 또한 아름답습니다.

내가 던진 거친 말 한마디를

묵묵히 맞아주던 그 사람.

A

당신의 인격이 곧 당신의 운명입니다.

아들은 모두에게 에이를 천추는 사랑합니다.

A

취향에 옳고 그름이란 없습니다.

이것은 한상영

따뜻한 차 한 잔이 도움이 될 거예요.

오늘 내가 할 수 있는 최선을 다하자.

A

처음 싹을 틔운 식물에게도
우리는 배울 수 있습니다.

A

신뢰하여 의존하는 것과

의존하고 있어 믿을 수밖에 없는 것은 다릅니다.

A

그 말, 마음에 너무 담아두지 말아요.

뒤집힌 얼굴들

16

A

당신의 행복은 당신이 결정하는 거니까요.

감정에도 용량이 있습니다.

아껴서 사용하세요.

세상은 기분에 따라 읽혀지기 마련입니다.

가장 아픈 일, 타인을 사랑하기 위해

나를 잃어버리는 일.

A

한 번쯤 운명 같은 기회가 찾아올 거예요.

사랑을 이해하는 일은 행복을 향한 큰 걸음이다.

A

얽매여 있지 않다는 것은

자유를 모른다는 말과도 같습니다.

원하지 않는 것이 드물다.

연중한 인격과 가지런을 흐트러지게

A

가끔은 비를 맞으며 뛰어 보세요.

$\mathscr{A}$

조금 더 먼 여정을 위해 잠시 쉬어가세요.

누구나 나름의 슬픔을 안고

살아가는 것이 삶입니다.

용사는 오직, 나를 이해해 주는 것은 지영이뿐이다.

A

당신의 친절함은

두 배의 행복으로 돌아올 거예요.

A

만나고, 이별하고, 그리워지는 것이

순리대로 사는 일이지요.

A

자연스러운 모습이

무엇보다 매력적인 법입니다.

우리가 살아볼 수 있는 것은

오직 현재 뿐입니다.

관계는 필연적으로

피로를 유발할 수밖에 없습니다.

소중한 제자는 사람에게 배하는 사랑하구나.

A

꼭 그렇게까지 하지 않아도 괜찮아요.

A

자기긍정은 훈련의 일환이에요.

A

잘못된 것이 아니라,

그저 잘하려고 했던 것뿐이잖아요,

A

현대인의 질병은 대부분

너무 많이 먹어서 생기는 것입니다.

$\mathcal{A}$

조금은 거리를 둬 보세요.

황령의 말씀 배려고, 선황제께 그대에임황렬

우리는 대체로 즐겁고
행복하게 살아왔습니다.

중요한 일은 눈을 맞추고 이야기해요.

A

부탁은 거절을 기분 나쁘지 않게

받아들일 수 있을 때, 하는 것.

A

단번에 인생을 성공으로 인도해 줄

비법 같은 건 없습니다.

A

조건으로 인한 사랑은

쉬이 사라지기 마련입니다.

A

관대함도 남용하면

나는 어느새 쉬운 사람이 됩니다.

A

마지막까지 좋은 사람으로

기억되길 바랍니다.

성공하는 기초 다지기

A

이별은 마음속에

가여운 씨앗 하나를 심는 일입니다.

추억은 마음의 작은 위안을 선사합니다.

A

포기하지 않는다면 늦은 것은 없으니까요.

기적이 봄처럼 네게 찾아오기를.

김준 선영이 꿈을 응원하며

조금 더 생각할 시간을 허락해 주세요.

화이트 너머 하늘을 바라보며 미소를 짓던다.

A

나에게는 오직, 나만이 안아줄 수 있는

영역이 있습니다.

믿음직한 룰 이끄는 가세드 양희리의 양어나 이산 공동 임사장.

A

보고 싶은 이가 있다면 늦지 않게 전하세요.

남몰래 온기가 필요해지는 밤이 또 찾아온다.

A

감정적인 대처는 피해요.

사람은 언제나 좋은 쪽으로 변할 수 있다

A

혼자가 아닙니다.

부엌도 변변치 않아서 상을 차리려 준비를 했었다.

A

그거 생각보다 쉬울지도 몰라요.

‘너희는 놀라지 말라.’

N

억지로는 결코 안 되는 것이 있는 법입니다.

A

새들의 자유는 하늘에 묶여있습니다.

A

오늘은 먼저 연락해보세요.

A

실망했다면 더 기대했다는 것임으로.

기대했다면 더욱 애착을 가졌다는 것임으로.

A

남들 눈에 미련해도,

나에게 즐거운 일을 쫓으세요.

시작이 어려운 이유는 끝이 두렵기 때문이지요.

A

그냥 내버려 두세요.

제힘보다 손길이 느낌이
더 정확하게 배가 있습니다.

A

조금 더 용감하게 사랑해보는 건 어때요?

용기를 불러온 아이의 영웅

A

조금만, 아주 조금만 더 가면 돼요.

차용증 큰돈 항아리가 왕은 가슴에 기억해야 할거다.

A

그럴 때도 있는 거죠. 툭툭 털고 일어나요.

A

모두에게 사랑받는 건,

피곤하고 고달픈 일이에요.

A

고뇌하는 그 길 위에 희망이 있습니다.

칠흑의 순간들 다 시들고 미래의 미움인 길일

당신의 외로움도 소중한 자산입니다.

더 나은 내가 되기 위해 연아가 떠올랐어요

𝒜

당신은 아직 젊어요.

하영 다시아

무소식이 희소식인 걸요.

흥얼, 거리는 이상하게 마음이 편안.

A

오늘은 집에서 푹 쉬는 것이 좋겠어요.

아름다운 시처럼 들려오네

오늘의 고통마저 축복이었음

이제는 결단을 내려야 할 때인가 봐요.

나람께 사는 힘이 중요해요.

A

굳이 멀리서 찾을 이유는 없어요.

비록, 굵고 짧게 살다 가기로 했던 생각이 지금 많이 바뀌었다.

예고 없이, 당신에게 찾아올

행운을 믿어보세요.

회장님 그녀에게 영원히 안녕.

A

이성적인 판단이

언제나 최선의 선택은 아닙니다.

한동안 글쓰기 왕성히

A

잘 먹고, 잘 자고, 하루를 열심히 살면

괜찮아 질 거예요.

A

내일은 또 내일의 태양이 떠오르는 걸요.

나에게 쏟는 비용을 너무 아끼지 말아요.

행복이 별처럼 가까워지길 바랍니다

내일이 오늘보다 밝기를

A

믿음이 곧 현실로 다가오는 법이지요.

A

날씨도 변하고 계절도 바뀌는데

마음이라고 멈춰있으란 법 있나요.

그건 아마도 사랑이지요.

A

비는 눈물과 닮았어요.

무지개를 위해 내리는 거죠.

A

감정은 결정하는 것이 아니에요.

용감한 독수리가 황폐한 이어부가 아저씨다.

〜

A

많은 경험이 성숙함을 보장하는 것은 아닙니다.

마음이 고요해질 때면

아름다운 그리움이 솟아나기도 하지만 때로는 쓸쓸함

A

보통 가짜들은 꼭 진짜같이 생겼거든요.

A

별들이 빛나는 이유는
특별함이 아닌 유일함 때문이지요.

A

지레 짐작하지 말고, 너무 비관하지도 말아요.

오랜 침묵을 끝으로 용용 흘림이 양빛나다.

희망은 다시, 일어서는 데서 시작합니다.

해내는 남자 클리어

$\mathcal{K}$

A

어제와 오늘의 나를 비교해 보세요.

차분히 흥분기 미련없이정각다

A

적어도 오늘만은 의사결정의 주인이 됩시다.

이제 덜 아파서 시작할 수 있겠다.

A

우선순위를 정하세요.

사람은 아름다운 이별과 정말 사랑을 보냅니다.

A

틀을 벗어나세요.

언제까지나 계속될 비와 바람은 없습니다.

존중은 신뢰의 기본 바탕입니다.

A

동요하지 말고 담담하게,

하던 대로 진행하세요.

그는 자신감을 용해하속 누군가가 영될니다.

A

한 치 앞을 모른다는 것은,

동시에 무한한 가능성이 있다는 뜻이지요.

그 잔소리마저 돌아보면 너무나 감사했던 것을.

나이를 먹어도 순수함을 잃지 말아요.

심심할 땐 주간지를 하나 사서 읽으면

금방 시간이 지나갑니다.

묵묵히 클레어 지사가 응응 옹끄룰가ㄷ.

∿

타인의 실수를 비웃지 말아요.

할을 놓음는 현과 불균이어나는걸.

A

실용적이지 않은 곳에도
충분한 행복이 있답니다.

A

텃밭을 가꾸다 보면 타인과 관계 맺는 방법을

알 수 있습니다.

A

사소한 것에 너무 얽매이지 말아요.

A

실컷 땀을 빼고 시원한 맥주를 마셔보세요.

A

결국, 나에게 소홀하면

주변에도 소홀해 집니다.

A

옷장과 서랍을 정리하세요.

차라리 행복하려다, 지는 것,
행복하려다 불이 움이아는

A

욱하는 사람을 조심하세요.

어떤 밤은 영영 잊히지 않을 것 같지만,

그럼에도 해는 떠오릅니다.

A

기다리는 데 그 의미가 있습니다.

환상의 솔개가 양말을 돌리는 이유 멀잘한

A

여유를 가지려면 낡은 것들을

과감히 버릴 용기가 있어야겠죠.

해님 오른 이야기 그리고 나

A

당신은 사실 지금

그대로의 당신을 좋아하잖아요.

A

십년 전이든 일분 전이든 잡을 수 없는 것은

똑같습니다.

A

억지로 친구를 만들 필요는 없습니다.

안토니오 칸초의 머릿속에 모음이 피로 물들었다.

자고 일어나 첫 번째로 느껴지는 생각은

기록해 두세요.

상처 난 곳에서는 늘, 새살이 돋아납니다.

A

당신만의 레시피를 믿으세요.

그냥 행복하게 끝났으면 좋겠다

A

일관성을 잃어버리세요.

황에인 나에마 용들을 용 잊어버린 월

A

친절이 정답이란 말보다

더 큰 조언은 찾을 수 없군요.

애써 태연한 척 하지 않을 것.

A

모든 일에 꼭 주인공이 되지 않아도 됩니다.

너무 오래 참으면 병이 되거든요.

A

너무 착한 모습만 보여주면,

어느새 궂은 일은 다 내 몫이 되고 말아요.

누가 알아주지 않아도 신념을 잃지 말아요.

A

아무나 초대하지 마세요.

$\mathscr{A}$

쉼표는 꼭 필요합니다.

재충전은 나이와 상황을 막론하고

꼭 필요한 법입니다.

끝까지 읽어주셔서 감사합니다.

K

A

꼭 그래야만 한다는 강박을 버리세요.

A

기록에 집착하다 보면

가장 생생한 지금 이 순간을 놓치고 맙니다.

A

그럼에도 새로운 것에 대한

열린 시각을 가지세요.

믿어지는 것을 구하려 하면 된다.

A

유행을 타지 않는 물건을 사세요.

처럼 은은하게 번지고 내게로 다가오는 것이 너였다.

적당히, 적당히 하는 게 아주 잘하는 겁니다.

편지를 쓰세요

본래 인생에 대한 회의는

파도처럼 찾아왔다가 수그러드는 법입니다.

사람은 함께 꿈꾸지 않는다.

$\mathscr{A}$

기회는 다시 옵니다.

맹목적인 추종은 무엇도
믿지 않는 것에 불과해요.

마음먹은 대로 똑같이 되지 않는 것은

지극히 정상입니다.

$\mathcal{A}$

이별의 주치의는 지난날의 추억.

A

관계유지에 너무 많은 체력을
낭비할 이유는 없습니다.

미움을 담아 간절히 원하고 오랫동안 공허했었다니까.

A

나를 사랑하자.

A

우리는 무언가의 노예가 되어서는 안 됩니다.

A

마음을 하나의 문장으로 표현해 보세요.

그저 예쁘기만 했던 그녀가,

성형으로 망가진 미모와 비극적인 결말은

본연의 가치에 충실하다보면

삶은 자연스러워 집니다.

오해로 인해 장벽이 무너진 적도 있었습니다.

A

한 번도 하지 않을 것을 해봅시다.

영원히 행복할 이제 가혀 오랫동안 행복히 끝났습니다.

A

사람들에겐 각기 다른 '때'가 있는 법입니다.

행복에 기여하는 삶을 살아가십시다.

A

이왕이면 실패도 좋아하는 일을 하고

경험하는 것이 낫죠.

에거는 바다로 항해오는 삶이뜨

A

가장 사랑하는 사람이,

나를 가장 아프게 하는 법입니다.

음간흥 묜 ㅁ거큐ㅇl 눈와더곤ㅎ'

A

마음이 불안할 땐,

사과를 드세요.

감사합니다.

오늘 하루도, 언제나 행복이 여러분 이웃에 있는 수 있기를

A

지나치게 감정적일 땐

선택이나 결정을 조금 미루세요.

오직 고독 속에서

생의 고유한 본질을 느낄 수 있습니다.

A

가장 큰 성취이자 동기는

몰입하고 있는 순간의 기쁨이잖아요.

다 권력자는 용케 자기 이웃 동맹을 해체.

A

오늘은 '시간이 없어'라는 핑계를 하지 않을 것.

페달을 밟아 힘차게 달려서 훌쩍 헤어지고 싶다.

A

너무 화려한 것은 부서지기 쉬운 법입니다.

이제야 안전히 너를 보내고서 내게 돌아온 몸이죠

A

유용한 것은 벤치마킹하여

내 삶에 적용해보세요.

H

단 하나의 이유로 다른 모든 근거들을

몰아내는 것이 사랑.

A

단지 운이 나빴을 뿐,

그 이상 그 이하도 아닙니다.

A

일을 너무 몰아서 해결하려 하지 말아요.

A

겸허하게 받아들이세요.

행운은 더 풀려운 운리에봤다.

지나가 뵀리운 울드운 는 행이

A

단 것을 드세요.

여행의 본질은 물음을 획득하기 위한 것입니다.

A

매일 아침 거울을 보며 나를 응원해주세요.

흐르는 음기를 째려보세.

A

사랑하는 날엔 뒤돌아보지 말고,

그리움에 허덕일 땐 사랑하지 마세요.

아내를 찾고 이어 모든 것을 다 되찾은 영아하

A

가능합니다.

단, 잃어버린.

A

얼마나 빨리 하는가보다,

이제부터 어떻게 하느냐에 달렸어요.

영혼을 잃지 않기 위하여

지금은 나 자신의 역량을

쌓아야 할 시기입니다.

시련도 좋은 관계들이 있었다면

내가 좋은 사람이 되려

𝒦

지난날을 반성하는 시간이 있어야,

앞으로의 계획이 이루어집니다.

모르는 것이 먼저라는 것이
더 좋은 때가 있지요.

자아존중이 있어야 자신감도 충만해집니다.

A

실수를 만회할 수 있는 게 인생입니다.

A

미련 없이 앞으로 나아가요.

A

진정한 사랑은 주는 만큼

되돌려 받기를 희망하는 일은 아닙니다.

홍련각의 이름을 이야기

H

너무 아끼다보면 대부분은

의미를 상실하고 말죠.

표돌 살인증 미리 용의자를 정리하는 적들은 기메라도요.

A

언제나 금전관계는

깔끔하고 확실하게 해야만 합니다.

행복이라는 원래 아주 작은 것이다

A

사람은 수리하는 것이 아니라,

이해하는 것입니다.

독창을 일러 이야기 하는 것이요

용기를 내어 삶는 사람의 이야기

A

타인에 삶에 지나치게 관여하다보면

어느새 나는 미운 존재가 되어 있습니다.

어른들도 계속해서 성장해가는

작은 생명일 뿐이에요.

세상의 풍경은 모두 내 마음에 달린 것이죠.

카뮈의 말처럼 인간은 누구에게 한번쯤 영웅이 된다.

중요한 결정은

순간적인 감정의 단면을 보고 해서는 안 됩니다.

행복한 왕자 을거를 돌고 고아름답

A

망설이고 있다면, 멈추세요.

상류층 그 뒤에 숨어있는 진실.

A

환경의 힘을 간과하지 말아요.

A

어차피 겪어야 할 일이라면

당당하게 전진해 봅시다.

우리가 착하게 살아야 하는 이유는
세상이 지나치게 좁기 때문입니다.

A

이제 더는 그 일을 후회하지 않아도 괜찮아요.

A

결국, 나의 선행은 되돌아오고

내가 준 상처도 어떻게든 나를 괴롭힙니다.

향후로도 정성껏 움직임을 빛나게 해가다.

A

미적지근한 관계는

굳이 오래 끌 이유가 없지요.

A

기쁜 일을 더 많이 기억해주세요.

A

어차피 내 것이 아니라면 연연해하지 말아요.

A

가장 아름다운 것은 눈에 보이지 않습니다.

A

나의 행복은 결코 남이 보장해 주지 않습니다.

밤실라그 도에이드 용상되에형

사람들은 바라보는 관점이

다를 수밖에 없습니다.

사랑은 연애 시즌 지험입니다.

A

멀리 있는 것이 더 가치 있어 보이지만

실은 대부분 비슷합니다.

모든 별에는 들려줄 사랑이 있는 법이죠

A

마음의 행복하면 몸도 편안해지기 마련입니다.

미워하련다.

미워하는 마음 없이 그 모든 뒷것을 사랑하련다.

A

매순간 심각하게 살아가지 않아도 괜찮습니다.

A

보이는 게 다가 아니에요.

$\mathscr{A}$

목적을 바꿀 수 없다면 방법을 바꾸세요.

떠어나 끄놔 긍뭡

A

잘 비우는 사람이 결국 잘 채우는 사람입니다.

어머니 향한 그리움이 좋을 것 같아서

A

요란한 행보는 늘 속이 비어있기 마련이지요.

A

기대는 것이 나약하다는 뜻은 아니에요.

A

만족의 가장 큰 적은 매번 비교하는 일입니다.

고흥을 기억하며

증상이 아닌 원인을 치료하는 것이 중요합니다.

기록을 자세히 들여다보면 마음이 편안해진다.

A

늦는 것보다는

조금 일찍 도착하는 것이 좋아요.

포기하지 않는 한, 꿈은 현실이 되습니다.

A

함께하면 어쩔 수 없이 흔적이 남습니다.

영쇄한 사용의 보시예

침묵이 편안하면 그때 비로소 친구입니다.

무심코 짓는 표정이 가장 솔직한 속마음이에요.

세상이 나를 응원하지 않아도,

내가 포기하지 않으면 최소한 지지 않습니다.

사랑은 더 깊을수록 잔잔하니까.

아름다운 세상이 열릴 때.

A

나를 보호해 주는 것은 분노가 아니라,

차분한 호흡입니다.

오늘의 하루는 그리 괜찮았던 걸.

여유를 갖고 싶다면

무게를 가볍게 하면 됩니다.

$\mathscr{A}$

인생을 풍요롭게 하는 것은

사물이 아닌 사유입니다.

A

무언가를 이루지 못해 생기는 목마름도

어쩌면 선물입니다.

홀로섬이 흔들며 그네, 좋은 기억이 보세요.

A

곁에 있는 것들을 소중하게 생각합시다.

받는시 가까이 있을 확률 작을 높이려어먼다.

오라는 시사회정을 가지 동물,

요령이 없는 것도 요령입니다.

A

원만하게 거절하는 요령은
'미안합니다' 하고 딱 잘라 말하는 거예요.

A

단골 음식점을 만들어 보세요.

$\mathcal{A}$

고양이를 관찰해 보세요.

A

나이와 지혜는 비례하지 않습니다.

A

막무가내라도 소설을 한 번 써보는 건

도움이 됩니다.

A

우리는 어쩔 수 없이 사랑과 함께입니다.

아이디어는 의미 없는 말장난에서

시작되는 법이죠.

$\mathcal{A}$

가만히 잘 들어만 주세요.

순서를 바꿔 봅시다.

A

문제를 해결하는 것보단,

그 마음을 이해하는 것이 우선입니다.

A

납득할 만한 규칙을 만들 것.

단 것을 먹어요.

A

지금 이 순간은 모두, 처음이자 마지막입니다.

A

오늘 하루의 선곡은 비틀즈의

'All You Need Is Love'입니다.

A

사서 고생하지 마세요.

서문

─────

이 책 안에는 당신이 궁금해 하는
삶의 작지만 확실한 해답이 들어있습니다.
부디, 그 작은 평화가 당신의 마음 안에서
조금씩 행복의 싹을 틔울 수 있기를 바랍니다.
잊지 마세요.
해답은 이미 내 안에 있습니다.

해결책 스페셜 에디션

초판 1쇄 발행 2017년 11월 22일
초판 5쇄 발행 2023년 10월 5일

지은이 james blunt(제임스 블런트)
책임편집 조혜정
디자인 그별
펴낸이 남기성

펴낸곳 도서출판 쿵(프로젝트A, 자화상)
인쇄,제작 데이타링크
출판사등록 신고번호 제 2017-000028호
주소 서울 특별시 마포구 월드컵북로 400 2층 20호 P—2
대표전화 (070) 7555—9653
이메일 sung0278@naver.com

ISBN 979-11-88345-25-0 02800

The
BOOK
_of_
SOLUTION
해결책